AF314434

# LE
# MASQUE TOMBÉ,

DIALOGUE

ENTRE UN MINISTÉRIEL

ET UN ULTRA.

A PARIS,

CHEZ DELAUNAY, LIBRAIRE,
Palais-Royal, galerie de bois.

1818.

# LE
# MASQUE TOMBÉ,

## DIALOGUE.

---

Je me promenais aux Tuileries, l'un des jours de la semaine dernière, sur cette magnifique terrasse qui domine la Seine. La vue du palais où siégent nos députés, rappela à ma mémoire les séances orageuses dont j'avais été si souvent le témoin, et je m'abandonnai aux réflexions que m'inspirèrent ces souvenirs.

Je conçois, me disais-je, que l'autorité légitime trouve des ennemis parmi les hommes qui devaient leur fortune à la faveur de Napoléon, et dont les brillantes espérances se sont évanouies avec son pouvoir; je conçois aussi que des enfants de la révolution, nourris des fausses doctrines qu'elle a fait naître, veuillent franchir les limites d'une sage liberté, et s'efforcent d'usurper les droits de la couronne et de jeter les bases d'un despotisme réel, pour échapper à un despotisme

I

imaginaire ; je conçois encore que des esprits tournés vers les spéculations métaphysiques, et trop préoccupés de maximes abstraites, dédaignent les faits, méconnaissent l'expérience, et, sans égard aux mœurs, aux habitudes, aux préjugés, aux passions des hommes, prétendent gouverner le monde par la puissance des mots et l'art du syllogisme. Ces écarts sont inévitables ; ils ont pour principe l'intérêt, la jalousie, l'orgueil d'opinion, éternels tyrans de la raison humaine. Mais comment expliquerai-je l'opposition permanente de ceux-là même qui ne cessent de se dire les plus fermes appuis de la monarchie ? Leur résistance insensée outrage le Roi, indigne la nation, et devient un puissant obstacle au rétablissement de l'ordre social.

Je me livrais à ces pensées, lorsque M. N. vint à ma rencontre.

Hé bien ! s'écria-t-il d'aussi loin qu'il me vit, que direz-vous du ministère ? Rien n'est sacré pour lui ; chacune de ses propositions contient une violation manifeste de la charte. Ce pacte nous a été donné comme la planche du salut dans le naufrage de nos anciennes institutions : nous sommes à la veille de nous le voir enlever....... Vous gardez le silence, vous souriez, vous qui souteniez naguère encore que le renversement de la charte serait le prélude de la ruine de la monarchie !

Je souris, repartis-je, du zèle ardent que vous montrez pour la charte, et de cette susceptibilité toute républicaine qui vous rend si soupçonneux sur les moindres opérations du ministère. Il n'y a pas long-temps encore, vous vous berciez de l'espoir de voir renaître des institutions que les siècles ont minées et que les révolutions politiques ont anéanties ; vous repoussiez avec horreur jusqu'à l'idée d'un gouvernement représentatif. Je condamnais votre entêtement ; je vous croyais incorrigible ; et voilà que vous me réduisez à redouter bien plus l'excès de votre zèle pour la charte, que je ne redoutais autrefois vos emportements contre elle.

Votre surprise, répliqua-t-il, est naturelle. Je veux vous parler sans déguisement ; écoutez-moi : vous reconnaîtrez qu'en manifestant une si grande aversion pour la charte, je cédais à la nécessité. Mon nom, ma fortune, peut-être même quelques talents, fixèrent sur moi le suffrage de mes amis; ils me portèrent à la chambre de 1815, et me confièrent la défense de leurs intérêts, ou, pour mieux dire, de leurs préjugés. Vieillis dans l'oisiveté au fond de leur province, étrangers par conséquent aux affaires du monde, ils ne connaissent ni les hommes ni les choses; ils ne comprendront jamais qu'il n'est au pouvoir d'aucune puissance humaine, de faire revivre ce qui existait il y a trente ans. Je flattai leur illusion sans la partager : ils m'avaient donné leur voix, devais-je leur ôter l'espérance? Dailleurs il me fallait des amis, des prôneurs, et je n'étais pas en crédit chez la classe moyenne, qui suspecte toujours les anciens privilégiés. Je fus obligé de feindre. Je parlai contre la charte, parce que mes amis repoussaient la charte; je parlai en faveur de l'ancien régime, parce que mes amis redemandaient l'ancien régime : mais je savais qu'ils voulaient l'impossible; je n'ignorais pas que le temps change les intérêts, les mœurs des peuples, et que les institutions politiques, ouvrages des hommes, sont passagères comme eux. J'ai payé ma dette à mes amis ; maintenant j'obéis à la raison. Ceci vous explique ma conduite et celle des hommes éclairés de mon parti.

O l'admirable politique ! m'écriai-je. Quoi ! cette ardeur à défendre vos anciens priviléges, ces emportements contre l'esprit du siècle, cette proscription morale de la génération actuelle, ce perpétuel dénigrement de la gloire de nos armées, ces insultes, ces menaces contre les acquéreurs des biens nationaux; tout ce bruit n'était qu'une feinte pour amuser la crédulité de quelques honnêtes provinciaux qui s'imaginaient que vos déclamations changeraient le cours nécessaire des choses ! Mais n'avez-vous pas réfléchi que vous souleviez l'opinion contre vous, et que vous rendiez indispensable cette terrible ordonnance qui devait briser votre pouvoir ? Par ce coup d'état, le ministère, que vous aviez si furieusement attaqué, et que la nation accusait de faiblesse, a rattaché à lui tous les amis de l'ordre et de la liberté publique. Vous travailliez à le perdre dans l'opinion ; vos efforts n'ont eu d'autre résultat que d'accroître sa popularité.

Je ne nie pas, reprit-il, que l'ordonnance du 5 septembre n'ait suspendu l'exécution de notre plan : l'expérience le fait assez voir. Nous devions procéder avec plus de mesure ; mais il se trouve dans nos rangs de ces hommes fougueux, dont le zèle inconsidéré dérange souvent les plus sages combinaisons. Ils se mettaient en avant ; nous étions obligés de les soutenir, car nous tenons pour maxime de ne jamais abandonner nos amis, quoi qu'ils disent ou qu'ils fassent ; et, pour le dire en passant, c'est par cette conduite politique que nous sommes parvenus à resserrer le lien qui nous unit. Du reste, votre erreur serait grande, si vous pensiez que l'ordonnance du 5 septembre ait ruiné toutes nos espérances. Tandis que nous nous abandonnions à une exagération de commande, et que la tribune retentissait de discours qui semblaient dictés par une haine aveugle, nous poursuivions avec un calme imperturbable l'exécution de notre système ; et nous inspirions d'autant moins de méfiance, que la foule, abusée par l'espèce de délire dont elle nous croyait atteints, ne se figurait pas même que nous fussions capables d'avoir un plan et de calculer nos opérations. Nous fîmes comme Brutus qui contrefaisait l'insensé , tandis qu'il méditait la ruine des Tarquins. A - t - on jamais rien fait de plus décisif en politique , que ce renouvellement total de toutes les administrations, opéré en moins de trois mois? Tous les agens civils et militaires furent remplacés par nos créatures. Nous n'eûmes égard ni à l'âge , ni aux services , ni à la capacité , ni même au royalisme connu d'un grand nombre d'individus. Nous étions pénétrés de cet axiome , que , dans les grandes affaires , les demi-mesures sont toujours funestes : aussi pourrions - nous dire à bon droit , que nous avons conquis la France. Notre influence est durable ; l'ordonnance du 5 septembre n'a procuré aux ministres qu'un succès éphémère.

Je conviens, repartis-je, que vous avez défait et refait bien des choses en peu de temps , et que le ministère n'a pas effacé toutes les traces de votre passage ; mais cette remarque est , à mon sens , le plus bel éloge de sa modération et de sa prudence. Votre impatiente avidité ne vous permettait de garder aucun ménagement. Vous avez usé de votre pouvoir d'un jour , comme des enfans prodigues qui dévorent une riche succession. L'exemple pouvait séduire ; les ministres ont su résister à la tentation. Ils ont adopté les hommes de votre choix, avec l'espérance que le temps et le sentiment du devoir en feraient des serviteurs fidèles. Si depuis ils en ont écarté quelques-uns, c'est que ceux-ci ont trop laissé voir qu'ils étaient des ennemis irréconciliables. Le dessein du ministère était d'affermir l'état, et non de l'ébranler.

Vous qualifiez de prudence, me dit-il, ce qui n'est qu'impuissance. Sans doute la saine politique prescrivait aux ministres de ne pas recommencer en sens inverse les épurations de 1815. Ce mouvement violent, au milieu de la chaleur des partis, eût produit une explosion qui pouvait amener la chute du trône et le démembrement de la France : les ministres ne désirent pas une pareille catastrophe. Ils devaient donc maintenir en partie notre ouvrage. Par ce moyen, ils gagnaient une foule d'agents subalternes qui nous doivent ce qu'ils sont, mais qui ne veulent pas commettre leur existence aux hasards d'une révolution. Jusque-là la politique la plus déliée ne trouve rien à reprendre dans la conduite des ministres ; mais nous avons bientôt reconnu où était le danger ; et, par une tactique d'autant plus sûre qu'elle s'accordait merveilleusement avec l'opinion que la multitude s'était formée de notre caractère, nous avons contraint les ministres à laisser dans les emplois supérieurs, des hommes que la perte de leur ancienne existence, la haine du nouvel ordre de choses, l'espérance d'un meilleur avenir, et surtout les engagements contractés, rendaient des ennemis implacables du système ministériel. Nous n'avons voulu reconnaître de royalistes que nous et nos amis. Tous ceux qui ont adopté nos doctrines, ont été certains de nous trouver pour défenseurs. Nous n'avons considéré ni le rang, ni la fortune, ni même la moralité des individus: les exceptions eussent été dangereuses ; nous avons voulu que tout homme qui portait nos couleurs, fût respecté comme jadis un citoyen romain. A la moindre menace du ministère, nous avons fait entendre cette clameur : *Les Royalistes sont traités comme des Ilotes ; ils sont honnis, persécutés ; et les ennemis du Roi trouvent seuls honneur et protection auprès du trône.* Par ces paroles magiques, nous avons rendu vaine la colère des ministres ;

à notre voix, le bras qui se levait pour frapper s'est arrêté comme paralysé. Les ministres, je le sais, n'ont pas été dupes de cette ruse ; mais, pour empêcher le triomphe des ennemis du trône, ils se sont vus dans la nécessité de soutenir ceux-là même qui travaillaient le plus activement à les renverser. La foule de nos créatures a donc conservé ses chefs, et l'administration presque tout entière est encore dans nos mains.

J'admire, répondis-je, votre dissimulation et la perfection des ressorts que vous mettez en œuvre; mais je crains, je l'avouerai, que tant d'habileté n'amène aucun résultat utile.

Vous êtes bien prompt dans vos jugements, répliqua-t-il. Je ne vous ai dévoilé qu'une partie de notre système ; laissez-moi poursuivre. Ces chefs, que le ministère a été forcé d'épargner, unis par des intérêts et des dangers communs, entretiennent ensemble des correspondances secrètes, agissent de concert, fomentent dans les provinces l'esprit d'opposition, et composent, au sein même du gouvernement, un gouvernement à part, dont les maximes et la politique sont tout-à-fait contraires à celles de l'autorité légale.

Les plus ardents se montrent à découvert;
ils ont tort, ils nous nuisent et se compro-
mettent: il ne nous est pas toujours possible
de les soustraire à la vengeance des ministres. Les autres, plus habiles, font une guerre
sourde; ils ont l'air de se rendre à la volonté
du Roi; ils obéissent comme par devoir,
et contre leur conviction ; ils n'ont garde
de laisser ignorer à nos amis la rigueur
d'un tel sacrifice; ils les invitent doucement
à la patience, et condamnent leurs écarts avec
une indulgence toute paternelle : nos amis
apprécient leurs motifs et rendent justice à
leurs intentions. Cependant la classe moyenne,
qui sans cesse est blessée dans son amour-
propre et dans ses intérêts par mille petites
vexations que la loi ne peut caractériser, s'indigne, s'irrite, et s'en prend à la faiblesse
et à l'impéritie du ministère, qui, lui-même,
nous accuse, et montre par là toute son impuissance. De là ce mécontentement dans le
parti ministériel, ces divisions qui l'ont tant
affaibli, et qui se sont manifestées et se ma-
nifesteront encore à chaque proposition des
ministres.

Ainsi, lui dis-je, vous vous applaudissez

de la haine que vous inspirez, et vous ne craignez point de l'accroître, pourvu que le contre-coup renverse les ministres... Croyez-moi, votre persévérance finira par les lasser. Ils sentiront qu'un gouvernement ne saurait être en plus grand danger que lorsque ceux-là même auxquels le soin de sa conservation est confié, conspirent contre lui. Ils briseront les ressorts fragiles de votre influence, et vous tomberez avec la honte ineffaçable d'avoir, sans but, prolongé une lutte nuisible à l'état et à vous-mêmes.

Le ministère, répondit-il, n'osera rien contre ceux de nos amis qui suivent notre plan avec douceur et patience. Remarquez qu'ils n'offrent aucune prise. Leur opposition est de tous les jours et de tous les moments ; mais elle ne se manifeste jamais avec éclat : l'ensemble de la conduite est malveillant, selon le langage ministériel ; mais chaque acte en lui-même peut passer pour innocent. Qu'un homme donne un coup de poignard, les tribunaux n'hésitent pas à le condamner; qu'il blesse de mille coups d'épingle, les juges seront bien fins s'ils le peuvent atteindre. A la moindre menace, vous entendriez répéter de toutes parts : *On persécute les royalistes!* et, à l'instant, l'orage serait dissipé. Les ministres ne sont pas royalistes à notre manière ; mais au fond ils sont royalistes, et ils ne veulent pas qu'on en doute. Leur extrême susceptibilité sur ce point, vous donne le secret de notre force.

Ce secret n'en est plus un pour le ministère, lui dis-je ; nous touchons au moment où l'on jugera les hommes sur leurs actes, et non plus sur leurs discours. Alors votre talisman aura perdu sa vertu ; les mots n'auront plus cette singulière puissance, de faire respecter les fonctionnaires qui les prononcent, par les ministres qu'ils trahissent. Mais brisons sur ce chapitre. Dites-moi comment vous pouvez allier avec cet amour de la charte, dont vous faites tant de bruit, cette haine violente des ministres qui, certainement, ne sont pas plus ennemis de la charte qu'ils ne sont ennemis du trône ? Vos discours sont si peu d'accord avec vos sentiments, que je ne sais plus qu'en croire. Peut-être cette guerre aux hommes, n'est-elle, en dernière analyse, qu'une guerre aux places.

Ne vous arrêtez donc jamais à nos paroles,

me dit-il. La vérité est que nous ne haïssons pas les ministres; nous croyons qu'ils veulent le bien ; nous conviendrons même , si vous le désirez , que , dans les circonstances difficiles , ils ont montré du talent et quelque force d'ame ; mais nous n'approuvons pas leur système , et nous voulons nous mettre à leur place pour faire prévaloir le nôtre. Leur popularité est un obstacle à nos desseins ; nous cherchons donc à les perdre dans l'esprit du peuple. Les ménager et rejeter leurs principes serait une inconséquence. La foule ne s'embarrasse guère des querelles de doctrines ; mais la guerre entre les hommes l'intéresse ; et vous savez bien que les doctrines succombent avec ceux qui les défendent.

. Fort bien , repris-je ; n'osant attaquer les principes du ministère qui sont d'accord avec les intérêts de la nation , vous injuriez, vous calomniez les ministres.... Mais en quoi, je vous prie, les principes du ministère diffèrent-ils des vôtres ?

La différence est grande. Les ministres prétendent fonder l'ordre politique sur l'égalité des droits , et nous, sur l'inégalité : ils ne reconnaissent d'autre pouvoir aristocratique que la chambre des pairs ; nous voulons faire pénétrer le pouvoir aristocratique jusque dans le moindre village : ils placent au centre toute la force d'action ; nous la divisons, nous la disséminons sur toute la surface du royaume. Je vous laisse à penser si, dans notre système, l'autorité ministérielle empiétera sur les libertés nationales !

C'est assurément, lui dis-je, le moyen de limiter ou plutôt d'anéantir l'autorité royale ; car, pour s'entendre, il faut appeler chaque chose par son nom. Le mauvais plaisant qui vous a qualifiés d'*extra-royalistes*, était sans doute dans votre confidence. Je reconnais que vous n'êtes point d'accord avec les ministres ; reste à savoir comment vous pourrez concilier votre plan avec la charte.

Rien n'est plus facile, me dit-il. Qu'est-ce au fond que la charte ? un recueil de maximes abstraites qui ne trouvent d'application, qu'autant qu'elles sont expliquées par des lois positives. A l'aide des interprétations, on peut, sans s'écarter sensiblement de la lettre de la Charte, fonder sur cette base tel système de gouvernement qu'on voudra : le despotisme, l'aristocratie, la démocratie, peu importe.

N'avez - vous pas remarqué que les ora-
teurs de tous les partis s'appuient de la
charte, pour faire prévaloir des opinions
diamétralement opposées, et que souvent le
même article donne matière à des interprétations très-différentes. Chacun accuse son
adversaire de violer la charte, et tous, avec
le secours d'une dialectique plus ou moins
subtile, parviennent à donner du poids à
leurs opinions. Demandez aux républicains
ce qu'ils veulent; ils vous répondront : *La
Charte*. Faites cette question aux ministériels ;
ils vous répondront encore : *La Charte*. De-
mandez-nous ce que nous voulons, nous qui
ne supportons pas avec moins d'impatience
une monarchie populacière, que nous ne sup-
porterions un gouvernement purement dé-
mocratique, nous nous écrierons : *La Charte,
rien que la Charte*. Nous pouvons donc, sans
être d'accord avec les ministres, demander,
avec leurs amis, l'exécution de la charte. Le
mot n'est rien, c'est l'idée qu'on y attache
qui mérite considération.

Je ne saurais être de votre avis, repartis-
je ; la charte s'explique assez d'elle-même ; le
dessein de l'auguste législateur n'est point

équivoque. Vous m'avez montré combien on peut abuser des mots; mais, comme vous l'observez, les mots ne sont que de vains sons, qui ne changent point la nature des choses. Que voulez-vous dire, par exemple, en parlant de républicains? Je ne connais point de républicains en France. Il existe, il est vrai, un parti de soi - disant indépendants; mais ces gens-là, si j'excepte quelques fous qui sont l'objet de la risée universelle, ne songent guère à fonder une république. Les habiles du parti ont plus de solidité d'esprit; ils aspirent comme vous, aux dignités, aux emplois, à la fortune. Vous tirez vos droits de l'ancien régime; ils tirent les leurs de la révolution. Vous voulez tout, parce que vous teniez tout; ils veulent tout, parce qu'ils n'avaient rien. Leur indépendance me fait pitié. Je les ai vus ces fiers républicains, ces partisans d'une liberté sans frein, et d'une égalité sans limites, solliciter des titres, des cordons. Je les ai vus, lâches flatteurs, ramper aux pieds du maître : leurs basses adulations fatiguaient son orgueil. Je les ai vus dédaigneux et insolents pour ce peuple dont ils se proclament aujourd'hui les défenseurs. Étaient-ils alors déclarés ennemis de l'arbitraire , eux qui trouvaient trop douces les lois les plus despotiques qui furent jamais. Voilà pourtant vos auxiliaires! Divisés dans vos vues, mais unis pour détruire , vous préparez de concert de nouveaux malheurs à la patrie.

Vous êtes bien injuste, répliqua-t-il. Entre les indépendants et nous, il ne peut exister d'alliance : nous les haïssons autant qu'ils nous détestent. Nos intérêts ne sont pas les mêmes, mais le même obstacle nous arrête, et, sans nous réunir, nous nous efforçons à l'envi de le renverser. Avons-nous voté avec les indépendants pour la loi des élections, pour celle du recrutement? Non. Nous appelions la dernière classe du peuple dans les colléges électoraux, parce que nous avions l'espérance fondée qu'avec le secours des prolétaires, nous nous rendrions maîtres des suffrages. Nous voulions que l'armée fût composée de la lie de la nation, parce que ces hommes du moins ayant le sentiment de leur bassesse, et ne pouvant prétendre à aucun avancement militaire, auraient abandonné l'honneur du commandement à cette classe généreuse qui ne réclame d'autres distinctions que de combattre et mourir au premier rang.

Vieille question, résolue depuis long-temps par le courage et le dévouement de tout ce qui porte le nom de Français. La charte n'est que l'expression du vœu, des besoins, des devoirs de tous, et la charte vous condamne. Vous avez succombé ; cela devait être. Mais daignez m'expliquer votre zèle ardent pour la liberté de la presse. Vous ne nierez pas que, sur cette question, vous n'ayez voté avec les indépendants.

Je ne vous ferai point de mystère ; vous saurez tout. Nous ne pouvons réaliser notre système, si nous ne renversons le ministère ; nous avons donc résolu de repousser indistinctement tout ce qu'il nous présenterait. Sur ce point nous sommes inflexibles. Il nous en a coûté pour prendre ce parti ; car les projets des ministres ne sont pas toujours aussi déraisonnables que nous affectons de le dire ; mais, en bons politiques, nous faisons céder notre conviction à l'intérêt du parti. Jamais cet intérêt ne s'est trouvé plus engagé que dans la question de la liberté de la presse. Dans un temps où toutes les passions fermentent, où toutes les haines s'agitent, où l'on ne respecte ni les hommes ni les choses, jugez quel avantage pour nous de dégager la presse de toute entrave, et d'assurer l'impunité des plus effrontés pamphletiers ! Pas un nom qui n'eût été compromis ! Pas une réputation qui n'eût été souillée ! Pensez-vous que le ministère eût pu tenir contre ce torrent d'injures et de calomnies qui l'eût enveloppé et pressé de toutes parts ?

Je ne sais, en effet, quel gouvernement y pourrait résister.... Je n'imaginais pas que vous eussiez pensé à cela.

Où en serions - nous, si nous ne pensions à tout ? . . . Il a bien fallu, en plaidant cette cause, prendre le langage des indépendants. Vous remarquerez qu'en général, nous nous appliquons à donner à nos harangues la couleur de ce parti. C'est un sacrifice à la nécessité. Le peuple se méfie de nous; nous tâchons de le gagner en flattant ses passions.

Le peuple n'est point dupe de vos discours ; il démêle vos intentions. Vos concessions lui donnent la juste mesure de votre faiblesse et de sa force. Votre influence di-

minue chaque jour ; bientôt vous ne comp-
terez plus parmi les partis qui nous divisent.
Mais votre résistance insensée blesse et irrite
les amours-propres ; elle donne un air de vic-
toire à des résultats que vous pouvez retar-
der, mais que vous ne sauriez empêcher ; et
l'esprit de parti triomphe des succès légitimes
que la nation remporte sur vous. Ainsi vous
obtenez ce triste et honteux avantage, de cor-
rompre le bien , lors même que le mal ne
peut tourner au profit de votre cause.

Cette remarque paraît juste au premier
coup-d'œil , me dit-il ; mais elle n'est que spé-
cieuse. Le jour où le ministère sera renversé ,
le jour où les porte-feuilles passeront dans
nos mains.....

Ce jour-là , si jamais il arrivait, repris-je
en l'interrompant , vous recommenceriez les
larges épurations de 1815 ; vous appelleriez
encore au partage du pouvoir tous ceux qui
ont adopté vos maximes.

Nous n'aurons garde en effet d'imiter le
ministère , en laissant en place les partisans
d'un système qui n'est pas le nôtre. Ne vous

ai-je pas fait observer que ce qui soutient nos espérances, et compromet le sort du ministère, c'est qu'une partie de ses agens supérieurs sont nos créatures? Leur conduite aliène insensiblement les esprits, et pousse vers les opinions les plus outrées, des hommes que leur caractère et leurs lumières semblaient devoir garantir de cette frénésie. Vexés par nos amis, faiblement protégés par les ministres, ils regardent l'avenir avec effroi, et s'efforcent de trouver, dans des institutions démocratiques, un rempart contre l'aristocratie qui les menace.

Encore une fois, lui dis-je, que gagnez-vous à cette diversion? quel avantage en résulte-t-il pour le trône? Singulier moyen d'affermir une monarchie, que d'inspirer aux meilleurs esprits le goût de la république en haine de l'aristocratie!

Quand nous tiendrons le pouvoir, nous opposerons des digues au torrent. M. de Châteaubriand l'a dit : *Sept hommes par départemens, et nous sommes les maîtres.*

J'ai lu les écrits politiques de ce pair, lui

dis-je, mais je n'ai pas oublié l'histoire, et je connais mon siècle. Je cherche vainement parmi les ruines de nos institutions quelque vestige subsistant de votre ancienne influence : trente ans de révolutions ont tout fait disparaître. A peine les vieillards se rappellent-ils qu'autrefois vous étiez des hommes considérables dans vos provinces. Les terres de vos aïeux sont passées dans les mains de vos vassaux : chacune de vos fermes est maintenant le patrimoine de vingt familles. On vous suspecte, parce qu'on sait que la loi fut dure envers vous, et que l'on s'imagine, non sans quelque fondement, que vous nourrissez dans vos cœurs la haine de l'ordre de choses actuel. Vous n'inquiétez pas seulement ceux qui ont profité de vos infortunes, mais ceux encore qui, fatigués de l'anarchie et du despotisme, voudraient jouir paisiblement de la douceur des lois que nous devons au retour des Bourbons. Pensez-vous que, n'ayant pour vous ni le nombre, ni la richesse, ni l'opinion, il vous soit si facile de vous emparer du pouvoir ?

Nous y étions parvenus en 1815 ; et sans la fatale ordonnance, nous serions encore tout - puissants. Le ministère, par ce coup téméraire, a retardé l'accomplissement de nos projets.

Il a obéi à l'opinion. Devait-il se roidir contre elle, et soutenir ses ennemis au préjudice de ses amis ? Ç'eût été alors que vous eussiez été en droit de le taxer, non de témérité, mais d'impéritie et de faiblesse. Jusqu'au 5 septembre, les ministres ne le furent que de nom ; les lois étaient méconnues ; l'autorité royale était compromise. Qui pourrait dire où se serait arrêtée votre ambition ! Qu'importe de quelle main partent les coups, quand ils sont mortels ? L'aristocratie de Pologne fut-elle moins funeste au système monarchique, que la démagogie de 1793 ? Le 5 septembre a sauvé l'état en environnant le trône de la force et de l'amour de la nation. Depuis lors, vous avez fait d'incroyables efforts pour renverser le ministère ; mais comme il était soutenu par l'opinion, vos entreprises ont été impuissantes ; et dans cette lutte inégale, il s'est fortifié, tandis que vous vous affaiblissiez. Chaque tentative de votre part est devenue pour lui l'occasion d'un nouveau triomphe. « Il ne résistera pas, dites-vous, aux attaques des indépendants, et nous serons là pour lui succéder. » Ainsi, vous fondez vos espérances sur deux conjectures qui, graces au ciel, sont également douteuses. Toutefois, je veux bien admettre que vous parveniez à saisir ce pouvoir, objet de tous vos désirs..... Vous voilà donc ministres. Quelques lignes ont suffi pour vous porter au ministère ; il faut autre chose pour vous y maintenir. Dès le début, vous sentez la difficulté de votre position, et vous songez à vous appuyer, non sur de vieux étais qui fléchiraient sous le poids, mais sur une base solide, sur la force nationale ; en un mot, vous abandonnez votre système, pour suivre celui que vous avez tant décrié. Mais comment reviendrez-vous sur vos pas, sans vous exposer au mépris public ? Comment tiendrez-vous en bride cette foule d'amis intéressés, passionnés, maladroits ? Comment leur ferez-vous comprendre que, pour leur bien comme pour le vôtre, ils doivent renoncer à leurs folles prétentions ? Comment gagnerez-vous la confiance d'une nation fière, que vous avez aigrie par des menaces et des outrages ? Si vous reculez, vous perdrez l'appui de vos amis ; et vos concessions arrachées

par la force, ne ramènent point le peuple,
à vous. Si vous persévérez, vous courez à
votre perte; car les indépendants, favorisés
par le mécontentement général, vous atta-
quent avec bien plus d'avantage qu'ils n'at-
taquaient vos prédécesseurs. Votre chute est
donc inévitable. On s'en consolerait si le
danger ne menaçait que vous; mais le sort
de la France est encore livré aux hasards
d'une révolution. L'opinion, en haine de vos
doctrines aristocratiques, s'arme pour vous
combattre, des principes les plus exagérés
de la démocratie. Nous voyons se réveiller
toutes les passions jalouses et perturbatrices
qui ont préparé et consommé le renversement de la monarchie. La plus précieuse
garantie de la liberté des Français, ce trône
que vous invoquez sans cesse, est encore une
fois en péril; et vous, royalistes par excellence,
vous seuls en êtes cause! Que pouvez-vous cependant pour arrêter les progrès du mal? En
1789, à une époque où les idées de liberté
et d'égalité n'étaient encore que le partage
d'un petit nombre, vous succombâtes......
Rentrez donc en vous-mêmes, et connaissez
votre impuissance. Ecartez de vos yeux ce
prisme trompeur de l'amour-propre, qui vous

fait voir la force là même où est l'excès de la faiblesse. Ne creusez pas un abîme où vous seriez les premiers engloutis.:...

Je l'avouerai, me dit-il après un moment d'hésitation , l'avenir ne me rassure pas; je tremble en soulevant levoile qui le cache. Je redoute presqu'autant que je le désire le triomphe de mon parti. Mais aussi, quel mauvais génie commande donc aux ministres de nous pousser à bout !

Ne vous y trompez pas , c'est le génie protecteur de la France. Si les ministres, par un égarement impardonnable, se jetaient dans vos bras, ils se perdraient et perdraient la France avec eux. Ils n'ont de force que celle que leur prête l'opinion. Leur crédit repose sur leur popularité. Qu'ils se déclarent pour votre cause, et toute leur influence se réduit à la vôtre.

Hélas! dit-il, on s'égare facilement dans le labyrinthe obscur de la politique; et quand la lumière vient à paraître, il est trop tard pour reculer......... ( Il prononça ces mots d'un air si triste, qu'il me fit pitié ).

Notre retour vers le ministère, continua-t-il ,
est désormais impossible ; le monde l'attri-
buerait à des motifs honteux ; il ne manquerait
pas d'opposer nos discours du jour à nos discours de la veille. Nos amis des provinces,
trop passionnés pour être justes , ne verraient
en nous que de lâches déserteurs ; le peuple
nous recevrait avec le mépris qu'inspirent les
transfuges. Nous sommes solidaires les uns
des autres; aucun de nous ne fera sa paix
séparément, et il est bien difficile que tous
ensemble nous consentions à la faire. Mieux
instruits de l'esprit de la France, peut-être
eussions-nous adopté un autre système ; peut-
être... Mais , tandis que je m'entretiens avec
vous, l'heure s'écoule ; je dois parler aujour-
d'hui; les ministres me verront : ils seront
bien adroits s'ils parent les coups que je leur
veux porter !

Resté seul, je m'affligeai profondément
de ce que je venais d'entendre. M. N. a
toujours eu la réputation d'un homme de
bien ; et, jusqu'au moment où sa mauvaise
étoile le jeta dans les affaires publiques,
rien n'annonçait en lui aucune altération des
facultés mentales. Tout-à-coup, sur la foi d'un

journal (c'était, je crois, la Quotidienne), il crut qu'il suffisait d'avoir de bonnes intentions, pour jouer un grand rôle dans le gouvernement ; et les fumées de l'ambition offusquèrent sa raison. Trop faible pour être calme ; il s'abandonna à l'exagération furibonde de l'esprit de parti. Maintenant, que ses illusions se sont dissipées, il reconnaît son erreur ; mais il a pris des engagements ; il n'a point le courage de les rompre, et, par fausse honte, il résiste à la volonté du Roi, pour lequel il sacrifierait sa vie ; il calomnie les ministres, qu'il estime ; il trahit les intérêts de sa patrie, qui est, avec son Roi, l'objet de ses plus vives affections, et bouleverserait l'état, si l'extravagance de sa conduite n'en corrigeait le danger.

**FIN.**

De l'Imprimerie de CELLOT, rue des Gr.-Augustins, nº 9.